अभिसारिका

रामप्रीत व्यास

हिन्दीतर क्षेत्र पूर्वोत्तर भारत में शिक्षित होने के कारण रामप्रीत व्यास की भाषा पर उधर का प्रभाव है। अपनी सेवा के कारण भी ये भारत के कई शहरों में रहे इसलिए भी इनकी भाषा में बांग्ला और असमिया शब्दो की मिलावट आ गई हैं। भावना, संवेदना हास्य और बहुत से शब्दों पर तीखी दृष्टि इनकी विशेषता रहती है। प्राकृतिक सौंदर्य से इन्हें बहुत प्यार है। पूर्वोतर भारत के प्रकृति सौंदर्य ने इन्हें बहुत प्रभावित किया है। इनकी कविताओं में वही सौंदर्य उतरा है।

किसी एक शब्द की पकड़ से रचना लघुरचना का निर्माण करना और उसे रोचक बना देना इनकी विशेषता है। कहानी लेखन महाविद्यालय के पाठ्यक्रम का इन्होंने अक्षरशः सही उपयोग किया हैं। इन्होंने नवलेखकों के लिए कुछ उपयोगी लेख लिखे हैं। रामप्रीत व्यास 1978 से लेखन कार्य में सक्रिय हैं, परंतु समय के अभाव के कारण पुस्तक के प्रकाशन का कार्य अब तक टलता रहा था।

अभिसारिका

कविता संग्रह

रामप्रीत व्यास

अंजुमन प्रकाशन

अभिसारिका (कविता संग्रह)
सर्वाधिकार : रामप्रीत व्यास 2020

अंजुमन प्रकाशन

942, आर्य कन्या चौराहा, मुट्ठीगंज
प्रयागराज - 211003 उत्तर प्रदेश, भारत
website - www.anjumanpublication.com
E-mail - anjumanprakashan@gmail.com

ISBN : 978-93-88556-44-6

प्रथम संस्करण अंजुमन प्रकाशन द्वारा 2020 में प्रकाशित
आवरण व टाइपसेटिंग - अंजुमन प्रकाशन, प्रयागराज

अनुक्रम

कारगिल विजय

आज कारगिल की चोटी से
फिर हमने ललकारा है
दूर हटो ऐ पाक पापियों
हिंदुस्तान हमारा है।

ये ऋषि–मुनि की पावन धरती
यहाँ अशोक, राम की सत्य शान्ति
इस धरती पर क़दम बढ़ाना
अत्याचार तुम्हारा है
दूर हटो ऐ पाक पापियों
हिन्दुस्तान हमारा है।

यहाँ कृष्ण भी हैं राम भी हैं
गीता और पुराण भी हैं
नानक की वाणी भी है
वीर बाँकुरों की कहानी भी है
गंगा बहती कल-कल धारा
खड़ा हिमालय मेरा प्यारा
ये प्यारा आर्यावर्त हमारा है
दूर हटो ऐ पाक पापियों
हिन्दुस्तान हमारा है।

आओ–आओ वीरों आओ
मातृभूमि की जय-जय गाओ
स्वतंत्रता की वेदी पर
सहस्र बलि–बलि जाओ
आज़ादी है प्राण सहारा
जीवन का आदर्श हमारा

जीत हुई जंग हमारी
जाग उठा हर प्रहरी

आज सभी के लिए
क़ौमी यही नारा है
दूर हटो ऐ पाक पापियों
हिन्दुस्तान हमारा है।

बोफ़ोर्स उगलता आग चिनगारी
जल मरेंगे धूर्त अत्याचारी
तुम मानव नहीं धूर्त सारे हो
आतंकवादी और हत्यारे हो
दुनिया का यह नारा है
दूर हटो ऐ पाक पापियों
हिन्दुस्तान हमारा है।

लो वसंत आया

शीतल मंद
सुगन्ध पवन
सुशोभित सब
वन उपवन
खेत–खलिहान
ग्राम निकेतन
सृष्टि मनोहर
हटा सजाया
लो वसंत आया।

अमराई बौरों पर
भ्रमर मँडराये
तरुवर पर बैठे
कोयल मधुर
कण्ठ गाये
वृक्षों पर नव
किसलय लहराये
खेतों में सरसों फैले
पीले फूल–फूले
मनोरम रूप पाया
लो वसंत आया।

पुष्प प्रफुल्ल से
झूम जायें
पुष्कर में पंकज
खिल जायें
तितली हर्षायें
प्रिया सौन्दर्य का
राग गाये
चारों तरफ़ उल्लास छाया
लो वसंत आया।

यह गीत तुम्हीं से हैं

देखी थी जब दर्पण में
प्रथम वेला में रूप निखार
चहकी थी ऐसी अनुपम
महकी थी तार–तार
यह झनकार उसी से हैं
यह गीत तुम्हीं से हैं।

जीवन के गहरे विषाद
फूट पड़े अश्रु के धार
प्रणय-वेदना की धारा में
पाती तुम सुख अपार
गाती तुम अपने लय में
यह जीत उसी से है
यह गीत तुम्हीं से हैं।

बिना अवलम्बन रहा तुमने
विरह-व्यथा सहा तुमने
परदेसी जब आये
परदेसी जब जाये
उपजा गीत तभी तुममें
यह प्रतीत उसी से हैं
यह गीत तुम्हीं से हैं।

देशभक्त

देशभक्त वह नहीं
जो फाँसी पर लटककर
जान देता है
आज देशभक्त वह है
जो नंगे को कपड़ा
भूखे को रोटी
बेघर को मकान देता है।

आज देशभक्त वह है
जो न लम्बे भाषण देता है
न नारे लगाता है
बेरोजगार को काम
और ग़रीबों को राशन देता है।

राजनेता सत्ता चाहता है
कर्मचारी भत्ता चाहता है
बंगला, वेतन, गाड़ी
चाहता है अधिकारी
मज़दूर ही वह प्राणी है
जो देशभक्ति का अर्थ नहीं जानता
अपनी क़ीमत नहीं पहचानता
आज सच्चा देशभक्त वही है
जो मानवता के लिए जीता है
इंसानियत के लिए मरता है।

मैं हूँ गीतकार

मैं हूँ गीतकार
गीत लिखता हूँ
किस्म–क़िस्म के गीत लिखता हूँ

कुछ लिखे हैं मस्ती के
कुछ लिखे हैं परस्ती के
यह पिया को पास बुलाएगा
बिछुड़े को फिर से मिलाएगा
ऊबे मन को बहलाएगा
प्रणय के गीत गाएगा
इसमें उल्फ़त की कहानी है
इसमें शोख़ जवानी है
इसमें है ख़ुमार बेशुमार
मैं हूँ गीतकार

रोमांटिक और रूमानी
नयी और पुरानी
नेह-स्नेह-प्यार-दुलार
वादा–इरादा इनकार–इक़रार
ट्रेजडी और कॉमेडी
सभ्यता और मेलोडी
अजब–ग़जब बेमिसाल
मेरे गीतों की दुनिया है विशाल
मुझे हर शब्द पर है अधिकार
मैं हूँ गीतकार।

डिस्को और पूर्वी भी
ग़ज़ल और भजन भी

ठुमरी और निर्गुन भी
हर बंदिश पर लिखे हैं
हर तुकबंदी पर लिखे हैं
भोजपुरी हो या रागनी
रसिया पद मल्हार
मैं हूँ गीतकार

मैं गीत और संगीत लिखता हूँ
मैं प्रेम और प्रीत लिखता हूँ
वर्तमान और अतीत लिखता हूँ
मैं हार नहीं जीत लिखता हूँ
प्रख्यात लिखता हूँ
यह मेरी करामात है
यह मेरी बिसात है
कीजिए मेरा ऐतबार
मैं हूँ गीतकार।

गाओ सब
गुनगुनाओ सब
ऐसा गीत कहीं
ढूँढ़े से नहीं
जाओगे जहाँ
पाओगे वहाँ
सर्व दिशा चहुँ ओर
हर शाम हर भोर
वसंत की हरियाली पर
पेड़ों की डाली पर
कोयल करे पुकार
मैं हूँ गीतकार

इण्डो बँगलादेश (फेंसिंग कार्य)

हरे–भरे जंगल
काले–काले एंगल
वायर का जाल
करता कमाल
काँटेदार तार
उग्रवादियों के लिए हैं तलवार

पर्वत हो या जंगल
मनाएँगे वहाँ मंगल
जहाँ दुर्गम हों रास्ते
बनाएँगे सुगम सबके वास्ते
हमारी दुनिया में हैं मिसाल
आतंकियों को नहीं चलने देंगे चाल

यह भारत है
यहाँ शान्ति है प्रेम है
वह बँगलादेश है
उनका आपस में द्वेष है
हम हैं ऑल बेमिसाल
टेरेरिस्टों का
हाल है बेहाल

हम मानव हैं
वे दानव हैं
हममें दया है धर्म है
वे निर्दय अधर्मी हैं
वे करते हैं
हत्या, अपहरण, गोलमाल

हत्यारों के लिए
हम हैं काल–महाकाल

ज़मीन अपनी है
लड़ाई उनकी है
जीत अपनी है
हार उनकी है
यह देश हमारा है
सबसे प्यारा है
हम दुश्मन के छक्के छुड़ा देंगे
हम हैं कमाल
हम हैं आल–इनऑल।

अभिसारिका को समर्पण

ले लो मुझसे
कोमल कुञ्ज
फूलों की आब
मुस्कुराते पल्लव
खिलता गुलाब

ले लो मुझसे
कोयल की कूक
उषा की लाली
चाँद की चन्द्रकला
मधुवन की हरियाली

ले लो मुझसे
होठों से पराग
पुष्प की सुगन्ध
उपवन की ख़ुशबू
कस्तूरी गंध

ले लो मुझसे
खंजन की चहचहाहट
हिरनी की चाल
कोकिल की बोली
सुरों की ताल

ले लो मुझसे
करुणा का राग
प्यार के गीत
दिल की पुकार
मेरे मितवा, मेरे प्रीत

जीवन के रास्ते

जीवन के दामन में
जीवन के आँगन में
कुछ मोती हैं
कुछ अंगारे
कुछ तुम ले लो
कुछ मैं ले लूँ।

जीवन एक हाला है
जीवन एक प्याला है
एक मधु का
एक गरल का
कुछ तुम पी लो
कुछ मैं पी लूँ।

जीवन के कई रंग हैं
जीवन के कई रंज हैं
कुछ वसंत के
कुछ पतझड़ के
कुछ तुम अपना लो
कुछ मैं अपना लूँ।

जीवन के दो रास्ते हैं
वे हमारे वास्ते हैं
एक प्रियकर है
एक कष्टकर है
कुछ तुम चल लो
कुछ मैं चल लूँ।

जीवन के तन की
प्राण के अपनेपन की
कुछ तुम कर लो अपने मन की
कुछ मैं कर लूँ अपने मन की
कुछ तुम जी लो
कुछ मैं जी लूँ।

बेटियाँ

बेटियों में है शक्ति
बेटियाँ हैं अवतार
बेटियों में है सहनशीलता
बेटियों में हैं संस्कार

बेटियाँ होती हैं
माँ की आज्ञाकारी
पिता की हितैषी
दादी की हितकार

बेटियाँ होती हैं
घर की आभा
आँगन की ख़ुशबू
चहारदीवारी की शोभा

बेटियाँ हैं देवी
बेटियाँ हैं ऋचाएँ
बेटियाँ हैं विदुषी
बेटियाँ हैं अप्सराएँ

गंगा-सी पवित्र
चाँदनी-सी शीतल
नीर-सा निर्मल
फूल-सी कोमल
होती हैं बेटियाँ।

मेघालय की लड़की

पके सुपारी बाँस
केला संतरा अनन्नास
जंगल से तोड़कर पान
शंकु समान टोकरी
सिर से लटकाये
भर–भर के लाये
पहाड़ से लकड़ी
मेघालय की लड़की।

काठी क़द की
गोरी–गोरी छोरी
होती हैं
चबाती हैं पान
लगाती हैं होठलाली
सज–सँवरकर इत्र से
लटकाकर पर्स
लेकर मानस
जाती हैं मंदिर
मेघालय की लड़की।

बाँधकर पीठ पर
माँ के बच्चे
खिलाती हैं
घर के फ़र्श पर
पोछा भी लगाती है
मेघालय की लड़की।

करती हैं चूल्हा-चौका
जाती हैं मार्किट
लाती हैं सब्ज़ी और फल
पकाती हैं भोजन
खिलाती हैं सबको
पहाड़ से पानी
भरकर लाती हैं
पिलाती हैं सबको
मेघालय की लड़की।

रोड के किनारे
अपनी दुकान में
साफ़-सफ़ाई करती हैं
अपने सामान में
बनाती हैं काढ़ा
पिलाती हैं ग्राहक और फौजी को
बेचती हैं फल, हरी सब्ज़ियाँ
अपने बाग़ान की
पूर्वांचल की लड़की।

मेघालय

पर्वत नदियाँ
खाई जंगल
बादल करते
निरंतर दंगल
हर मौसम बरसात का
कहते हैं इसको आलय
यह है राज मेघालय

हरा–भरा दिखता है
कन्द–मूल बिकता है
फल–फूल का
सेवन है
ऐसा आराम का
जीवन है
जवाई जवाँ दिलों का
शिलोंग हिल टिलो का
पानी ही पानी है
रिमझिम बारिश आलय
यह है राज मेघालय

टेढ़े–मेढ़े रास्ते
हैं सबके वास्ते
झरने झर–झर झरते हैं
वाहन सरपट दौड़ते हैं
कहीं तो चढ़ाई है
कहीं तो ढुलाई है
पर्वत है जैसे हिमालय
यह है राज मेघालय।

कोयला पत्थर
मिट्टी लक्कड़
पानी की है
ग़ज़ब कहानी
हिल्स तो सहस्र हैं
खासी जयन्तिया
गारो आलय
यह है राज मेघालय।

खासी हैं यहाँ के निवासी
होते हैं छोटे क़द के
रहते हैं बड़े निर्भीक ये
चाहे छोटे पद के
जंगल है इनका मंगल
हारते नहीं किसी से दंगल
धर्म की है एक ही जात
पूजे जाते गीता दिनरात
यहाँ हिन्दू भी रहते हैं
दिखते हैं बहुत शिवालय
यह है राज मेघालय

बहुत सुन्दर हैं (त्रिपुरा के जंगलों से)

सुशांत पर्वत
पहाड़ी शृंखलाएँ
न शोर न हल्ला
खुली हवा
घुटन नहीं अन्दर है
बहुत सुन्दर हैं।

कहीं घनघोर कहीं उजाड़
जंगल ही जंगल हैं
कहीं शिखर तो कहीं खाई
कहीं ढलाव तो कहीं चढ़ाई
कहीं मिट्टी तो कहीं पत्थर हैं
बहुत सुन्दर हैं।

न आहट
न घबराहट
सब ख़ामोश
जिसका नहीं अवशेष
न धूल न धुआँ
खुला अम्बर है
बहुत सुन्दर हैं।

जाते हुए बसों में
टेढ़े-मेढ़े रास्तों में
मन को शान्ति
आँखों को हरियाली
कानों को चुप्पीपन

आते–जाते बारिश
ठण्डी हवाओं का आनंद श्रेयस्कर है
बहुत सुन्दर हैं।

ऋषि–मुनियों का धाम
पंचवटी में राम
गौ के साथ श्याम
दशरथ का आखेट
राघव से अहल्या की भेंट
पाण्डव का वनवास
शबरी का वास
कदाचित् इसके अंदर हैं
बहुत सुन्दर हैं।

ऐसी बात कह दो

कोई तमन्ना जाग उठे
ऐसी बात कह दो
खोयी ख़ुशियाँ लौट आयें
ऐसी राह चल दो।

फ़ाईलों से उड़ गयी हैं
पुरानी सुहानी यादें
पन्ना पलटकर
युग पढ़ ले
ऐसा शब्द कह दो।

उलझ गया है आज कर्मचारी
अरिश्तों के शिकंजों में
उस जोड़ के तोड़ में
गीत प्रेम-भाव का
भर दो।

क़ैद हो गयी थी कल तक
चैन ज़हर के प्यालों में
राम लौट के घर को आये
जीवन का अर्थ
भर दो।

हर मज़दूर हर कर्मचारी
मेहनत का मोल समझे
ऊँच−नीच का भेद भुलाकर
समन्वय का मूलमंत्र गढ़ दो।

कोई कर न सके निगम की
मानवता को बदनाम
नित नयी खोज से
सुख-सुविधाओं का स्वर्ग
रच दो।

आओ मिलकर करें काम

आओ मिलकर करें काम
दुनिया का है यह पैग़ाम

गीत मेहनत के गाएँ आज
आओ मिलकर करें आग़ाज़
धरती के कोने-कोने से गूँजें
मेहनत की ही हो आवाज़।

जीवन में अग्रसर होने का
श्रम ही है एक आधार
कंचन उगले निगम अपनी
मेहनत का ही है चमत्कार।

ख़ुशहाल कम्पनी वही है
जहाँ मेहनत करता हर हाथ
हम भी करें संकल्प मेहनत का
हम भी हैं सबके साथ।

ऊँच-नीच छोटे-बड़े का
हम भेदभाव मिटाना सीखें
साथ से साथ कंधे से कंधा
और हाथ बटाना सीखें।

अल्प में गुज़ारा होता है तो
बरबादी कम करना सीखें
सादा जीवन उंच्च विचार
ढोंग आडम्बर से बचना सीखें।

सोनापुर
(मेघालय के पहाड़ों में स्थित)

सोनापुर
सुन्दर है
हरे-भरे पेड़ हैं
बोल्डर के ढेर हैं
बेल हैं
पत्तियाँ हैं
न लाइट है
न बत्तियाँ हैं
बरसात हो या रात
मुसाफ़िर की
मुश्किल बढ़ती है
दिक्कत का सामना
करना पड़ता है।

सोनापुर
समस्या ही समस्या है
न उचित माध्यम
न सही रास्ता है
सरकार इसके लिए
न कुछ सोचती है
न कुछ करती है
टैक्स वसूले जाते हैं
वो चम्पत हो जाते हैं
जब होती है लगातार वृष्टि
घबरा जाती है सारी सृष्टि
बढ़ जाती हैं बड़ी बीमारी

फँस जाती है जनता सारी
फिर बेमेल के उपकरण ब्रो के मज़दूर
लग जाते हैं जी तोड़।

सोनापुर
सावन में
अपना शान दिखाता है
अपने पीछे तुफ़ान का
ज्वारभाटा लाता है
आसमान देते हैं दहाड़
पसीजता है पहाड़
पर्वत स्लाइड करते हैं
नदियाँ उफन पड़ती हैं
रास्ता हो जाता है बन्द
सबके लिए बन जाता है फन्द
फैल जाती है बात
जगह बन जाती है ख़तरनाक।

सोनापुर
सुनहरा है
हरियाली है
पर्वत हैं
नदी हैं
जंगल हैं
फिर भी अमंगल है
वर्षा के दिन हों रात
अतिवृष्टि की हो बात
यह स्थान
आम आदमी और मुसाफ़िर की
ले लेता है जान।

 अभिसारिका / रामप्रीत व्यास

नूतन निर्माण करो

सृजन की है धरती उदासी
मनुष्यता की दुनिया प्यासी
शान्ति का पाठ सबको पढ़ाओ
मंगल गीत तुम गाओ
ज्ञान दीपक का जलाओ
तिमिर धरा से मिटाओ
नव जीवन संचार करों
तुम नूतन निर्माण करों।

शत्रु है लहू का प्यासा
विध्वंस हैं उसका नशा
भूल गया वह भाईचारा
जीवन है उसको भी प्यारा
नहीं मिलती ज़िन्दगी दुबारा
अहिंसा है अपना नारा
नव स्फूर्ति नव प्राण भरो
तुम नूतन निर्माण करो।

विगत दिवस निशा के
नयी सुबह ऊषा की
बीत गये वो रीति गये
प्यार गये वो प्रीत गये
बन्धुत्व में नहीं दरार आये
स्नेह प्यार का द्वार जगमगाये
नवयुग का आह्वान करो
तुम नूतन निर्माण करो।

जंगल की जीवन-रेखा

काटते हैं लकड़ी
उनकी भी हैं
गाय बकरी
हंस मुर्ग़ी भी
पालते हैं
वो खेती करना भी
जानते हैं
करते हैं सड़कों पर काम
या फिर तोड़ते हैं पत्थर
जीने का यही है
उनका स्तर
मैंने देखा है
यही उनकी
जीवन-रेखा है।

जंगल की ज़िन्दगी
है कैसी
जीने का ढंग
है ऐसा
न घर कि फिकर
न बाहर कि चिन्ता
रोज़ी-रोटी की तलाश में
कुछ पाने की आस में
निकल पड़ते हैं
लेकर हथियार
होते हैं तेज़ धारदार
वो चले जाते हैं
घोर जंगल के भीतर

मैंने देखा है
यही उनकी
जीवन-रेखा है।

ख़ाते हैं जंगल के
कन्दमूल, साग–सब्ज़ियाँ
केले बाँस की फुनगियाँ
पानी पहाड़ से झर–झर झरते हैं
पीने के लिए वे भरते हैं
जंगल-धूलि मिली है
इनकी कहानी
जंगल में ही बीत जाती है
बचपन बुढ़ापा और जवानी
इनका भी हैं
पर्व-त्योहार
इनकी भी है देवी-देवता में
आस्था व प्यार
जब होता है
सांस्कृतिक प्रोग्राम
तैयारी में लग जाते हैं
छोड़कर सब काम
तब ढोल तासे बजते हैं
ख़ूब नाचते-गाते
हँसते हैं
मैंने देखा है
यही उनकी
जीवन-रेखा है।

भिन्न–भिन्न भाँति–भाँति
इनकी कई जाति-जनजाति
आपस में इनका बैर नहीं

बाहर के दुश्मन की खैर नहीं
असभ्य नहीं
जंगली होते हैं
फटे-पुराने पहने
उसी में संतोष करते हैं
स्वच्छता इनसे दूर भली
उलटा–सीधा खाते-पीते हैं
जंगल की यह पीड़ा है
आती इनसे घृणा है
मैंने देखा है
यही उनकी
जीवन-रेखा है।

रजनी की है
विचित्र कहानी
सन्नाटा दुनिया
कलकल पानी
चलती है मलय चंचल
बहती है सरिता कलकल
भँवरे चुप हो जाते हैं
विहम सो जाते हैं
शेष दुनिया से कट जाते हैं
घोर अंधकार में सिमट जाते हैं
ऐसी है जंगल की रात
ऐसी है जंगल की बात
मैंने देखा है
यही उनकी
जीवन-रेखा है।

मंगल पाण्डे

स्वतंत्रता की लौ उठी थी
क़िस्सा वही पुराना था
लोग कहते थे, वीर नहीं वह
आज़ादी का मतवाला था

मंगल–मंगल कहते थे सब
वह स्वतंत्रता का प्याला था,
लोग कहते थे, वीर नहीं वह
आज़ादी का मतवाला था।

सत्तावन की रणभेरी में
जिसने फूँका युद्ध-बिगुल
स्वतंत्रता की वेदी पर
जिसने चढ़ाया प्रथम फूल
भारत माँ के इस सपूत का
हौसला बहुत पुराना था,
लोग कहते थे वीर नहीं वह
आज़ादी का मतवाला था

आज़ादी की लौ उठी थी
क़िस्सा वही पुराना था
स्वतंत्र हुआ भारत अपना
पूरा हुआ आज यह सपना
इस वीर सपूत के कौशल को
सम्मान दे अपना–अपना।

सही वक़्त

सही बात सही वक़्त पे कही जाए
तो उसका आनंद ही कुछ और है

तुम मुझे ख़ून दो
मैं तुम्हें आज़ादी दूँगा

स्वराज मेरा जन्मसिद्ध अधिकार है
और मैं इसे लेकर रहूँगा

अब भी जिसका ख़ून नहीं खौला
ख़ून नहीं वो पानी है,
जो देश के काम नहीं आये
वो बेकार जवानी है।

जय जवान जय किसान।
अँग्रेज़ों अब तो भारत छोड़ो

दुश्मनों की गोलियों का हम सामना
करेंगे आज़ाद है, आज़ाद ही रहेंगे।

मैं आपनी झाँसी नहीं दूँगी।
साइमन गो बैक।

आज़ादी मिलती नहीं है बल्कि इसे छीनना
पड़ता है।

इस मिट्टी में कुछ अनूठा है
जो कई बाधाओं के बावजूद

सदा महान आत्माओं का निवास
रहा है।

काम करो

काम करो
कुछ काम करो
निगम में रहकर
कुछ नाम करो।

ड्यूटी को
कर्तव्य समझो अपना
कर लो काम
सको जितना
व्यतीत समय
लौटकर नहीं आता
बहुत दूर
निकल जाता
एक पल-पल को
उपयुक्त करो
काम करो
कुछ काम करो
निगम में रहकर
कुछ काम करो।

खोल दो
इन हाथों को
क्या रखा है
इन बातों को
बातों में वक्त
निकल जाएगा
ऐसा मौक़ा
फिर नहीं आयेगा

बैठे–बैठे निगम को
न बदनाम करो

काम करो
कुछ काम करो
निगम में रहकर
कुछ नाम करो।
ईश्वर ने तुझको
दो कर दान किये
सब तरह के
बुद्धि ज्ञान दिये
तुम क्या नहीं
कर सकते जब
यदि हो करने का मन
तर्क-वितर्क सब छोड़ो
मन में पक्का
संकल्प करो
काम करो
कुछ काम करो
निगम में रहकर
कुछ काम करो।

उत्तम कर्तव्य करे चलो
यात्रिक तुम बढ़े चलो
मरने पर
गुंजित गान रहे
निगम का भी
ध्यान रहे
ध्यान करो, तुम ध्यान करो
काम करो
कुछ काम करो
निगम में रहकर
कुछ नाम करो।

आराम है हराम
है नेहरू का
यह पैग़ाम
कर्म ही पूजा है
और नहीं दूजा है
इसका तुम विस्तार करो
उद्धार करो
साकार करो
काम करो
कुछ काम करो
निगम में रहकर
कुछ काम करो।

ले लो मुझसे

ले लो मुझसे
कोयल कुञ्ज
पुष्प की आब
मुस्कुराता पल्लव
खिलता गुलाब

ले लो मुझसे
कोयल की कूक
उषा की लाली
चाँद की चन्द्रकला
मधुबन की हरियाली

ले लो मुझसे
होठों से पराग
सुमन की सुगंध
उपवन की ख़ुशबू
कस्तूरी गंध

ले लो मुझसे
खंजन की चहचहाहट
हिरनी की चाल
कोयल की बोली
सुरों की ताल

ले लो मुझसे
करुणा का राग
प्यार का गीत
दिल की पुकार
मेरे मीत

निगम की दीपावली

दीयों की शुभ बेला पर
पर्व के पावन मेला पर

साध संकल्प
साकार हो
हर किसी का प्यार हो

हर सुसंगत लहर
साथ हो
परमात्मा का हाथ हो

द्वार लक्ष्मी आकर
गले मिले

हर अपने
घर पर
दीये लाखों जले।

ठण्ड के दिन

ठण्ड की मार से
जीवन बेहाल है
भागदौड़ जिन्दगी में
सब का बुरा हाल है

सूरज देवता भी
शरमा रहे हैं
वह भी अपनी
आँखें लपलपा रहे हैं

कोहरा मचा रहा
है कोहराम
घरों से निकलना
लोगों का है हराम

धुआँ-सी धरती है
आसमाँ भी चुप है
कोहरे के चलते
कहीं दिखती न धूप न धरती है

सुबह बच्चे स्कूल
जाने से कतरा रहे हैं
ठण्ड की मार से
अब वो भी घबरा रहे हैं

चल रही हैं बर्फीली हवाएँ
शीत लहर जारी है
कड़कड़ाती ठण्ड अब
जनजीवन पर भारी है

ठण्ड का प्रकोप
गति में कर दिया है अवरोध
नही है किसी में दम
जो कर सके इसका विरोध

हाड़ कँपा देने वाली हवाएँ
सबको कर रही हैं बीमार
नौकरी-धंधा तो चौपट हैं
ठण्ड का बुरा है प्रहार

ठण्डी बड़ी बुरी होती है
दिखाती है अपनी शान
स्वस्थ को बीमार
और बीमार की लेती है जान

होली

फाल्गुन मास उमंग भरा
नीला अम्बर धरती हरा
रंग गुलाल लाल अबीर
ढोल तासे झाँझ मजीर
होली की हँसी-ठिठोली
गावत निकले मस्तों की टोली

पिचकारी से निकले रंगोली
उमंगों का त्योहार है होली
जीवन के कई रंग भरे हैं
ख़ुशियों के कई रंग धरे हैं
प्यार का बौछार है होली
फाल्गुन में सुंदर लागे है गोरी

विविध रंगों का त्योहार है होली
भाईचारे का संचार है होली
फाल्गुन मास लाल आकाश
धरती हरी अम्बर लाल
ऐसा है रंगों का त्योहार
होली है पर्वों का प्यार

प्रियतम कब आओगे

रिमझिम-रिमझिम बादल बरसे
सावन की रुत आयी है
पपीहा बोले कोयल कुहुके
खिली हुई अमराई है।

ज्योत्स्ना-सी सुन्दर काया
केश-सी काली रात हैं
उषा जैसे सुर्ख कपोल
सुशोभित आनन हुआ प्रभात है।

अलसासी आँखों में
झाँक रहा तरुण ख़ुमार है
उमंगों की कलिका में
छेड़ गया पुरवाई बयार है।

सज–सँवरकर डोली बैठी
दुल्हन-सी इठलायी मैं
आज हृदय में हूक जगी
मचल उठी पुरवाई में

छलक रही यौवन की गगरी
निष्ठुर प्रियतम कब आओगे
बीत रहा मधुमास अब
पतझड़ से तुम क्या पाओगे।

याद है मुझको

वो रोना
वो हँसना
वो गिरना–फिसलना
वो छिपना–निकलना
खेल–खेल में
तितलियाँ पकड़ना
याद हैं मुझको।

बीता हुआ बचपन
बचपन के दिन
चंचल भावुक
कैसा अल्हड़पन
दुबली–पतली काया
ओ सुनहरे पल
हँसती खिलखिलाती चंचल
याद हैं मुझको।

वो चमकता हुआ सूरज
चाँदनी रात
उमड़ता हुआ मेघ
रिमझिम बारिश का आना
ठण्डी बयार से
सिहर–सिहर जाना
याद हैं मुझको।

गाँव से गलियारे तक
सड़क से किनारे तक
बच्चों की टोली
हँसी-ठिठोली
दीवाली व होली
उन्मुक्त होकर खेलना
याद हैं मुझको।

बापू की डाँट
माँ का दुलार
भाई की फटकार
दादी की कहानी
आती है ज़ुबानी
दादा की पुचकार
याद हैं मुझको।

फूली हुई सेम
भुट्टे की बालियाँ
गमकते मटर के फूल
अरहर की कलियाँ
गन्ने के खेत
खेत के किनारे–किनारे
मन्द–मन्द चलना
याद हैं मुझको।

नववर्ष

नया प्रात
नयी बात
नयी किरण
नयी ज्योति
नव वर्ष
नव हर्ष
जीवन उत्कर्ष नव।

नयी किरण
नव ज्योति
नयी उमंग
नयी तरंग
नवल राह
नवल चाह
जीवन का नव प्रवाह।

नव मुस्कान
नव आन
नव प्राण
नव निर्माण
रीति नवल
नीति नवल
जीवन में प्रीति नवल
जीवन में जीत नवल

आओ खेलें होली

आओ खेलें होली
प्यारे आओ खेलें होली

उजला दिवस
प्रात सुनहरी
मोहक गोधूलि
हँसती दोपहर
फाल्गुन मास
बड़ा उल्लास
लगे न रंग
मन में उमंग
आपस में
हँसी ठिठोली
आओ खेलें होली

वैर–द्वेष का
भाव भुलाकर
जीवन में वैभव
ज्ञान जगाकर
अपनापन भाईचारा हो
अपना सब कोई प्यारा हो
बोलो प्यार की बोली
आओ खेलें होली।

अम्बर है लाल
आज धरती है लाल
चारों तरफ़ है
उड़ता गुलाल

गाते हैं फाग सब
नाचे हैं आज सब
ढोलों की थाप पर
निकली है टोली
आओ खेलें होली।

रंग दे गुलाल आयी होली आयी रे

रंग दे गुलाल लाल
आयी होली आयी रे

फाल्गुन मास
मनायी होली
नाचें झूमें
घूमे टोली
ढोल नगाड़े
तास मँजीरे
झुण्ड–झुण्ड
घूमे फिरें
चारों तरफ़
मस्ती छायी
रंग दे गुलाल लाल
भाई होली आयी।

रंगों का त्योहार है होली
सबके सब करें
हँसी-ठिठोली
बच्चे बूढ़े सबकी बदली बोली
ख़ुशी का त्योहार है होली
मैं भी बोला
तुम भी बोली
चारों तरफ़ ख़ुशी छायी
रंग दे गुलाल लाल
आयी होली आयी।

रास की फुहार की

प्रीत की प्यार की
स्नेह की व्यवहार की
मधुर आचार की
है अमराई
अपना-पराया
नही है कोई
होली में सब भाई – भाई
रंग दे गुलाल लाल
आयी होली आयी।

यह त्रिपुरा है

यह त्रिपुरा है
यहाँ चलता है ज़ोर
आर्टिस्ट का
नार्थ-ईस्ट का
कम्युनिस्ट का

यह त्रिपुरा है
रोज गड़ते हैं डण्डे
लगते हैं पतंगे
शाम हो या भोर
रहता है माइकों का शोर

यह त्रिपुरा है
हरदम लहराते यहाँ
लाल–लाल झण्डा
झण्डा का हैं फण्डा
फण्डा का है डण्डा

यह त्रिपुरा है
जंगल से भरा-पूरा है
हर तरफ़ है रेड
युनियन है ट्रेड़
प्रतिनिधियों को कहते हैं कामरेड

आओ अलाव जलाएँ

आओ कड़कड़ाती ठण्ड में
अलाव जलाएँ

सुबह बच्चे स्कूल जाने में
कतरा रहे हैं
ठण्ड की मार से
थरथरा रहे हैं
गुलज़ार रहने वाले बाज़ार
ठण्ड से पड़े हैं बेज़ार
हाड़ कँपा देने वाला जाड़ा
जनजीवन को बुरी तरह से है पछाड़ा
शीत लहर जारी है
हर जन पर भारी है
चल रही हैं बर्फीली हवाएँ
आओ कड़कड़ाती ठण्ड में
अलाव जलाएँ।

कम्बल कट्टे फटी रजाई
इस मौसम मे सब जायज़ भाई
जीवन है अस्त–व्यस्त
सर्दी का प्रकोप है ज़बरदस्त
ज़मीन से आसमान तक
धुआँ-सा फैला है
यह ठण्ड का ज़हर
बड़ा विषैला है
रेवड़ी मूँगफली तिल गुड़ की बहार है
सर्दी से बचने का यही आहार है
गर्म सूप का घूँट लगायें

आओ कड़कड़ाती ठण्ड में
अलाव जलायें।

ठिठुरन के चलते
चहल-पहल बन्द हो जाता है
कई-कई दिन तक
सूरज का दर्शन नहीं होता है
पहिये की गति धीमी पड़ गयी हैं
घोंसले में पंछी भी मन्द पड़ गये हैं
पशु भी हैं मारे-मारे
दीन-हीन भी हैं बेचारे
लोगो के दुःख-दर्द बँटायें
दान की मुहिम चलायें
आओ कड़कड़ाती ठण्ड में
अलाव जलायें।

अभिसारिका

प्यासी काया
प्यासा मन
शोख़ अदाएँ
चंचल यौवन
अधर पिपासा
मन रोमांचित
इन्हीं आशाओं में
रात गुज़रने लगी
तुम आये नहीं
रात ढलने लगी।

कजरारे नयन
आज अलसाये हैं
वसंती पवन
तन–बदन चुभाये हैं
रेशम की साड़ी पहन
मैंने पायल खनकाया
शर्म से चाँद
निकल आया
आँगन में चाँदनी
टहलने लगी
तुम आये नहीं
रात ढलने लगी।

अकुला रही हैं बाँहें
व्याकुल हुई हैं चाहें
सुहागी रात है
बड़ी लम्बी बात है

सतरंगी-सी हुई कल्पना
उम्मीदें साकार
पलने लगीं
तुम आये नहीं
रात ढलने लगी।

आप से ही हैं
मधुमास की रातें
गुलाबी लब पर
प्रेम की बातें
मन यौवन
तन कुँआरा
मधुर मिलन की
आस में बैठी
उर सागर में
स्नेह की धारा
बहने लगी
तुम आये नहीं
रात ढलने लगी।

सजनिया

कहता हूँ सजनियाँ
गर्मी ने दबे पाँव
दस्तक दे दिया है
तुम पंक्चुअल हो
अपनी ड्यूटी का
ख़याल रखना
अपनी ब्यूटी का
त्वचा का रंग
साँवला न हो जाए
शाइनिंग और गोरापन
कहीं खो न जाए।

बचा करना
अल्ट्रावायलेट किरणों से
स्किन तुम्हारी कोमल है
काया तुम्हारी निर्मल है
तुम्हारी कमनीयता पर
नज़र लग जाएगी
धूप की मार से
पसीना आएगी
श्रृंगार तुम्हारा क़ीमती है
मेकअप धुल जाएगी।

खिलता गुलाब है
तुम्हारा यह चेहरा
लबों की लाली
है रूप सुनहरा
नयनों ही नयनों से

जीवन को सींचना
और न कोई दूजा
तुम ही हो अपना
तुम सनबर्न और
टैनिंग से बचना
मुस्कुराता चेहरा
खिलखिलाकर हँसना।

कविता

शब्दों को बोलना
शब्दों को सोचना
शब्दों से कहना
शब्दों से हँसना
अनकही बातों को व्यक्त
का नाम है कविता।

ख़ुशी से हँसना
ग़म में रोना
भावों को सुनकर
बेहद मुस्कुराना
श्रवण में अमृत
मृदु मे भाषी
मन का दर्पण है कविता

दिन का सूरज
रात का दीपक
भूले का रास्ता
जीने का वास्ता
प्यासे का अमृत
श्रद्धा के भूखे
का नाम है कविता

क़लम की स्याही
विचारों की आवाजाही
डायरी के पन्ने
मनोभाव जगाकर
लिखकर तो देखो
रंग बिखेर देती है कविता।

स्वच्छ भारत

ऐसा सुन्दर ऐसा स्वच्छ
हो देश का कोना–कोना
ना रहे गंदगी ना रहे कहीं कूड़ा
सोचो ही ऐसा होना
दुनिया में देश की छवि का
नहीं पड़े शर्मिन्दा होना
गली मुहल्ला गाँव-गाँव
यह मुहिम–चलाओ
बने सुन्दर अपनी धरती
स्वच्छता का अलख जगाओ।

हवा दूषित मिट्टी प्रदूषित
जैव विविधता नष्ट होती है
ऐसी गंदगी देखकर
अपनी धरती माँ भी रोती है
शौचालय से सचिवालय तक
गृह आश्रय पुस्तकालय तक
झुग्गी–झोपड़ी स्टेशन चौराहा
स्वच्छता का अभियान चलाओ
आओ स्वच्छ भारत बनाओ।

सेहत को नुक़सान पहुँचाती है गंदगी
देश को बीमार बनाती है गंदगी
समुचित विकास आड़े आती है
उत्पादकता की क्षमता घटाती हैं
बच्चे भी गंदगी में घुलमिल जाते
इससे वे बच नहीं पाते
गाँधी के सपनों को साकार करो
यह छोटा-सा उपकार करो
स्वच्छ मिशन को आगे बढ़ाओ
आओ स्वच्छ भारत बनाओ।

वतन के साथ

चलो वतन के साथ चलें

वतन वत्सला है सुजला है
इसके प्रवाह में अतीत का दर्पण पला है
वर्तमान में चलकर
यह भविष्य का पथ गढ़ती है
इसके साथ रहें
इसके हाथ गहें
निर्माण से निर्वाण की
विजय-यात्रा पर निकलें
चलो वतन के साथ चलें।

इसके छत की छायाएँ
मानस में विश्वास जगाएँ
कौशल और गुणवत्ता का
उपलब्धि और उत्कृष्टता का
ज्ञान और कर्मठता का
हर भारतवासी संतुष्टि पाये
इसकी समृद्धि पर हम इठलायें
इससे अपना भविष्य फूले–फल
चलो वतन के साथ चलें।

सदा सींचती जीवन-तट को
स्नेह देती हर घट–घट को
सम्पन्नता पथ में भर देती
जीवन सुखमय कर देती
स्नेह दिया करती आस्था को
हम गाते इसकी गाथा को
इसकी लहरों में
उज्जवल कर्मों का पुण्य मिले
चलो वतन के साथ चलें।

मैं हूँ यमुना

कभी एक एहसास में
कभी हर साँस में
कभी दुःखों के वास में
कभी उल्लास में
हर दिल में रहती
सबसे यही कहती
है मुझमे आस-सी

भूलना चाहो तो
नहीं भूल पाओगे
जहाँ देखो वहाँ
मुझे ही पाओगे
कभी तुम्हारा दुखः हर लेती
कभी तुम्हें हिम्मत देती
मैं हूँ तुम्हारी कर्णधार-सी
मै हूँ यमुना

बीते हुए कल के
डर से तुम्हें जगाती
आने वाली मुश्किलों से
तुम्हारा परिचय कराती
जब तुम्हारी नज़रें मेरे दिल में झाँकती
तब तुम्हारी नज़रें नम हो जाती
मैं हूँ करुणा की सागर-सी
मैं हूँ यमुना

अब तक नहीं पहचान पाये
जो तुम्हारे दिल में बस जाये
समझ न पाये जो तुम
मैं ही तो थी तुम्हारी यादों में गुम
बात है सिर्फ़ इतनी-सी
मैं हूँ यमुना।

भारतीय रेल

दुनिया की गान है
भारत की आन है
हमारी सम्मान है
रेल महान है
नित–नित उन्नति के पथ पर अग्रसर बढ़ती जाती है।

शहर से गाँव तक
नदी से नगर तक
झील से तालाब तक
खेत से खलिहान तक
भारतीय रेल
सर्वत्र पार करती चली जाती है।

सुबह हो या शाम
वर्षा हो या घाम
दिन हो या रात
जहाँ नहीं किसी की अवक़ात
भारतीय रेल
वह निर्भय दौड़ती चली जाती हैं।

कश्मीर से कन्याकुमारी तक
गुजरात से गुवाहाटी तक
सभी धर्मों व भाषाओं से
सम्पन्न और अधिवासी से
भारतीय रेल
सभी के दिलों को जोड़ती चली जाती है।

देश से परदेश तक
मोहल्लों से स्टेट तक
माल को ढोने में
मुसाफ़िर को ले जाने में
यही एक सहारा है
दूसरा नहीं आसरा है
अपनी ड्यूटी में दिन-रात लगी रहती है
भारतीय रेल

शान्ति

शान्ति आज नहीं दिखती
न मिलती है
साधु को
मंत्री को
न व्यापारी को
क्योंकि शान्ति अशान्त हैं।

शान्ति किसी पक्षी का नाम नहीं
न किसी जानवर का
न नदी का न पहाड़ का
शान्ति नाम है
त्याग, परोपकार और संतोष का।

शान्ति नहीं बिकती बाज़ारों में
दुकानों में
गलियो में
और चौराहों पर
शान्ति मिलती है
अशान्त मन को शान्त करने में।

शान्ति के लिए
मत भागिए शान्ति देवी के पीछे
न शात, तनु के आगे
न पण्डितों के यहाँ
न फ़क़ीरों के पास
सिर्फ संतोष मन आइए
और पाइए शान्ति का ख़ज़ाना।

लोग भागे जा रहे हैं
शान्ति के खोज में
कोई मंदिर में तो कोई शिवालय में
कोई तीर्थ में तो कोई सत्संग में
कोई स्नान में तो कोई ध्यान में
मगर शान्ति बैठी है अभिषप्त
उन्हीं के पास कोने में।

पवित्र भारत

युद्ध की वेदी वहाँ
बजी थी धर्म की लड़ाई थी
भारत की इस पवित्र धरा पर
जब युद्ध में लाखों ने
जान गँवायी थी।

दृढ़ साधना संकल्प को
हृदय में लेकर जब
अर्जुन ने गाण्डीव उठायी थी
मत भूलो उस महाभारत को
जो धर्म की लड़ाई थी।

भारत की पवित्र धरा पर
जब कृष्ण ने गीता सुनायी थी
निबिड़ अंधकार को चीरकर
जब भीम ने गदा उठायी थी
मत भूलो उस भीषण युद्ध को जिसमें लाखों ने वीरगति
पायी थी।

द्रोपदी ने आगे बढ़कर
जब केशव को पुकारा था
जब अभिमन्यु ने चक्रव्यूह तोड़कर
लाखों को ललकारा था, मत भूलो
उस भीषण युद्ध को
जिसमें धर्म ने अधर्म पर जीत पायी थी।
हृदय में जब द्वेष को लेकर
दुर्योधन ने अपनी जान गँवायी थी
युद्ध में तपकर जब

भीष्म ने पाण्डवों को धर्म की बात बतायी थी
मत भूलो उस महाभारत को
जो धर्म की लड़ाई थी।

तुम आये नहीं

प्यासी काया
प्यासा मन
प्यासी रात
प्यासी बात
अधर पिपासा
मन रोमांचित
इन्हीं आशाओं में
रात गुज़रने लगी
तुम आये नहीं
निराशा बढ़ने लगी

कजरारे नयन
आज अलसाये हैं
वसंती पवन
तन–बदन चुभाये हैं
वन–उपवन गाये है
मैंने पायल खनकाया
प्रेमी नहीं आया

अकुला रही हैं बाहें
व्याकुल हुई हैं चाहे
सुहागी रात है
बड़ी लम्बी बात हैं
सतरंगी-सी हुई कल्पना
उम्मीदें साकार
पलने लगीं
तुम आये नहीं
व्याकुलता बढ़ने लगी

आप से ही हैं
मधुमास की रातें
प्रेम की बातें
मन चंचल
तन युवा
मधुर मिलन की
आस में बैठी
सुर सागर में
स्नेह की धारा
बहने लगी
तुम आये नहीं
यौवन ढलने लगी

मातृभूति

प्रणाम करो
प्रणाम करो
तू धन्य है मातृभूमि

हर बार कहूँ
हर बात कहूँ
तू धन्य है मातृभूमि

शीतल पवित्र जल की
धारा बहती है
हरा–भरा आँगन
यह धरती है

गंगा जिसकी गोद से निकली
यमुना यहाँ से बहती है
यह देश ऐसा
यह वेश ऐसा
पवन बसंती कहती है।

गीता का उपदेश यहाँ
कृष्ण की पुण्य-भूमि है
अर्जुन, भीम, भीष्म जहाँ
पाण्डवों की रणभूमि है

वेदों की भाषा है
पुराणों की कहानियाँ हैं
उपनिषद है जीवन की
जीवन अपना सुरसर अमृत पाती हैं।

रोकिए

किशोर बच्चों को
बहकने से रोकिए

किशोर अवस्था जीवन का
नाज़ुक मोड़ होता हैं
होश कम जोश ज़्यादा होता है
बढ़ता शरीर बहके क़दम
ज़िद होती है
आकर्षण होता है
ऐसे में क़दम बहकने से
बच्चो को रोकिए
किशोर बच्चों को
बहकने से रोकिए

जब हद से गुज़र जाते हैं बच्चे
बदनामियों के घर बन जाते बच्चे
फिर कई कठिनाइयों का
करना पड़ता है सामना
फिर नहीं मिलता हल इसका ठिकाना
यह उम्र होती है रंगीन सपनों की
बच्चे नहीं जानते हित अपनों का

माता–पिता का ऐसे में कर्तव्य है
बच्चों को वास्तविकता
से परिचय दीजिए
किशोर बच्चों को
बहकने से रोकिए

पश्चिमी सभ्यता के
कुप्रभाव से स्वभाव बदला है
इन बच्चों के जीवन में
फ़ैशन बड़ा है
किशोर उम्र के बच्चे
देर से घर लौटते हैं
अभद्र बच्चों के साथ
अकेले फिरते हैं
ऐसे बच्चों को
जीवन-पथ से भटकने का
डर होता है
उनकी जिज्ञासा को सोचिए
किशोर बच्चों को बहकने से रोकिए

जब किशोर बच्चे रुष्ट हो जाते हैं
अपने माँ–बाप से दूर
घर–बार से छूट जाते हैं
उन्हें नम्र भाव से
रास्ते पर लाइए

उन्हें डाँटने–फटकारने के बजाए
प्यार और विश्वास से समझाइये
किशोर बच्चों को
बहकने से रोकिए

अपना कुछ समय
बच्चों के साथ गुज़ारना चाहिए
उनके साथ दोस्ती का
भाव निभाना चाहिए
उन्हें पढ़ाई और रचनात्मक कार्य में
आगे बढ़ाना चाहिए
समय–समय पर उनकी उम्र और आवश्यकताओं

के अनुरूप ज्ञान सँवारना चाहिए
बच्चों की जिज्ञासाओं का
समाधान करना चाहिए
प्यार और विश्वास से
बच्चों को सही राह दिखाइए
किशोर बच्चों को
बहकने से रोकिए।

मेरी माँ

चेहरे की हँसी से
हर ग़म छुपाती है
ख़ुद भूखी सोती है
पर सबको खिलाती है

दुनिया की राह में चलना भी सिखाती है
दीपक जा जलना हरगिज़ न बुझना
सुव्यवस्थित कर घर की शोभा
कभी–कभी सहचरी भी बन जाती है

यूँ ही सबके साथ प्रेरिका बन
आगे बढ़ती चली जाती है
जीवन के रास्ते में सहयात्री बनकर
क़दम से क़दम मिलाती है

स्वयं के सपनों को त्यागकर
देवी का स्थान पाती है
कुछ कहना तो चाहती है
पर कुछ कह न पाती है।

गुरु-कृपा

निकला था जब अपने घर से
बनने को मैं संन्यासी
गुरु ने मार्ग दिखाया था
सही–ग़लत का ज्ञान देकर
मुझको सर्वश्रेष्ठ बनाया था।

गुरु कृपा ने ही मुझको
अंगारों में तपकर
पत्थर से पारस बनाया था
कठिनाइयों से घिरा जब मैं
गुरु को सामने पाया था।

जब भटका मैं जीवन-पथ से
उलझ गया सवालों में
हारने लगा दुनिया से जब मैं
सिमट गया दीवारों में
याद मुझे बस उसकी आयी थी
गुरु-कृपा ने ही मुझमें तब ज्ञान की ज्योति जलायी थी।

मत बरसो

गरजो चमको
धूम मचाओ
आँधा–अंधड़
धूल उड़ाओ
शोर करो तुम ख़ूब
या सुन लो मेरी बात
बादल मत बरसो दिन–रात
बादल मत बरसो दिन–रात

बीहड़ गड्ढे भरे हुए हैं
नदियाँ उफान मचाती हैं
जो पौधे सूखे-मुरझाये थे
धरे हुए फूल पाती है
धरती ओढ़े हरी चुनरिया
पतझड़ की नहीं है बात
मत बरसो दिन–रात
बादल मत बरसो दिन – रात

किसान का भी ध्यान करो
जो फसल मेहनत से बोया था
ऐसी बाढ़ देख कृषक
बहुत ज़्यादा रोया था
अब तो दया दृष्टि लाओ
दे दो उसे सौग़ात
मत बरसो दिन–रात
बादल मत बरसो दिन-रात

तुम बरसे तो
बच्चे रोये
स्कूल, ट्यूशन न खेलने जा पाये
भेड़-बकरियाँ मिमियाती हैं
मुनिया अंदर गाती है
कौन करे निर्दय से बात
मत बरसो दिन–रात
बादल मत बरसो दिन – रात

तुम ठहरे तो दुनिया चलेगी
तुम चलो तो
दुनिया ठहरेगी
चलती का नाम है गाड़ी
रुकने का नाम है बेकारी
इतनी करो औक़ात
मत बरसो दिन–रात
बादल मत बरसो दिन–रात

चलो प्रेम के गीत गाएँ

अतीत के बीहड़ों में भटक रहा है मानव
दूर मृग-मरीचिका में तलाश रहा है जीवन
गुम हो चुका है जो
घोर अँधियारे में

रोशनी का पथ सजाएँ
चलो प्रेम के गीत गाएँ

गा रहे हैं जो हरदम
वेदना के गीत
नहीं मिले जिन्हें सुख–शांति
धरती की प्रीत
हार चुके हैं जीवन अपना
नहीं जानते अपनी जीत
अपने प्यार का सम्बल बनाएँ
चलो प्रेम के गीत गाएँ।

जीवन की डगर में मुश्किल बड़ी है
समस्याएँ सीना ताने खड़ी हैं
भूख बेकारी अभावों की घना छाया है
यहाँ हर किसी के पास पैसे की माया है
समाधान चाहिए निदान चाहिए
दो क़दम आगे बढ़ाएँ
चलो प्रेम के गीत गाएँ।
हृदय प्यार की भाषा बोले
हर मौसम में रस घोले
आपस में नफरत नहीं प्राणी का
सरस मधुर हो जब वाणी का

प्यार को फिर से बुलाएँ
चेतना का राग गाएँ
नफ़रत का भेद मिटाएँ
चलो प्रेम के गीत गाएँ।

विषमता के पल में
मरुस्थलों के खँडहर में
कर्तव्यों के डगर में
मुश्किल के सफ़र में
दौड़ती उमंगों को
जीवन मे सजाएँ
दीप आशा का जलाएँ
चलो प्रेम के गीत गाएँ।

प्रकृति बचाओ

लोग बीमार हैं
जो बीभत्स है
जिन्हें अवसाद है
उनके पास आओ
भीड़ में भटके हुए लोगों का
संज्ञान लेकर चिल्लाओ
उन्हें पास बुलाओ
कोई वात, कफ़, पित्त
लोग हैं जिससे ग्रस्त
डरो मत इतना तरस खाओ
ग्राम–ग्राम बस्ती–बस्ती
उपचार के प्रयास कराओ
नये–नये अस्पताल खुलवाओ

मर रहे हैं पेड़-पौधे
मर रही है लताएँ
सूख रही हैं झाड़ें
सूख रही है धरती
डूब रहा है सूरज
हरियाली बन रही है परती
बरसात रुठ गयी है
नदिया सूख गयी हैं
श्रम के बीज लगाओ
नये पौधे उगाओ
हरियाली को सँवारो
मिट्टी में अंकुर डालो
मेहनत से पसीना बहाओ
जीवन को फिर से बसाओ

जनजीवन को पटरी पर लाओ

भूख में ज़िन्दगी
टूट रहा है
प्यास से तन
फूट रही है
नींद से आँखें बेचैन हैं
जीवन मे फिर कहाँ चैन है
वहाँ तुम विस्तार बन जाओ
मनु के नये सृजन का गान गाओ
भूख–ग़रीबी को मिटाओ
ताक़त लगाओ
अपनी शक्ति को सँवारो
सुंदर सौंदर्य लहराओ

नयनहीन सूनी हैं पलकें
सपनों के फूल नहीं खिलते
पंथहीन हो गयी हैं राहें
जहाँ लोग नहीं चलते
वाणी का वरदान बन जाओ
कमल कीचड़ में खिलाओ
स्वच्छ पवित्र बनकर
कदम बढ़ाओ
बढ़ते जाओ
कल तुम्हारा है
अगर तुम साहस जुटाओ
मुखर स्वर बन जाओ
प्राणो में तूफ़ान भर दो
पलकों मे अमृत गंगा बहाओ।

हज़ारो पगडण्डियाँ
उलझन बनकर खड़ी है
समस्या एक-से-एक
सामने अड़ी है
कितने जंगली हों रास्ते
कितने दुर्गम हों रास्ते
तुम्हारी कल्पना मजबूर है
भले ही तुम्हारी मंज़िल दूर है
किंतु फिर भी
रुको मत झुको मत
चलते जाओ
भले पाँव थककर चूर हो जाएँ
गूढ़ रहस्यों को ढूँढ़ लाओ
गहराई में उतर जाओ
मोती खोज लाओ
प्रकृति को बचाओ।

कर्ण

था क्षत्रिय
पर सूत-पुत्र कहलाया था
महाभारत के युद्ध में
हारकर भी हार न पाया था
आर्यावर्त की भूमि पर
वीर कर्ण कहलाया था।

दुःख अनेक सहकर के
तम में भी रहकर के
सूर्य-सा चमकता रहा था
न्याय पाने के लिये
अपना तेज तज करके
सदा धर्म के लिए लड़ता था।

जब गुरु से
इन्द्र ने शाप दिलवाया था
रोकना चाहा जब उसको किसी ने
पर उसको रोक न पाया था
धर्मराज का ज्येष्ठ बनकर भी
अपने कर्तव्य को निभा न पाया था।

मित्रता का फ़र्ज़
निभाने के लिये
दुर्योधन का साथ दिया
रिश्तों के इस व्यूह में
उसने धैर्य से काम लिया।

गीत

गीत गाते चलो जग में
प्रेम का रस बरसाते चलो
जब आए मुसीबतों की टोकरी
दृढ़ संकल्प कर आगे बढ़ जाओ।

गीतों को संचय कर
मन में मंचय कर
ढोलक, मंजीरों की आवाज़ सुन
प्रभु में रम जाओ।

संकीर्णता, स्वार्थपरता को कह जाओ
आशा के दीये जलाओ
आपस में प्रेम बढ़ाओ
ज्ञान की गंगा बहाओ

स्वार्थ को छोड़ो
आतिथ्य से मन को जोड़ो
प्रमुदित सत्कार करो
जीवन में रस भरो
स्वयं को सार्थक करो